JE VEUX LIRE

Attendez-moi!

Jane E. Gerver

Illustrations de Mick Reid

Texte français de Nicole Michaud

Éditions
SCHOLASTIC

Catalogage avant publication de Bibliothèque et Archives Canada

Gerver, Jane E.

Attendez-moi! / Jane E. Gerver; illustrations de Mick Reid;
texte français de Nicole Michaud.

(Je veux lire)
Traduction de : Wait for me!
Pour les 3-6 ans.
ISBN 978-0-545-99891-8

I. Reid, Mick II. Michaud, Nicole III. Titre.
IV. Collection : Je veux lire (Toronto, Ont.)

PZ23.G47At 2007   j813'.54   C2007-903303-2

Édition publiée par les Éditions Scholastic, 604, rue King Ouest, Toronto (Ontario) M5V 1E1.

6 5 4 3 2   Imprimé au Canada   08 09 10 11 12

Note à l'intention des parents et des enseignants

Dès que l'enfant sait reconnaître les 45 mots utilisés
pour raconter cette histoire, il peut lire le livre en entier.
Ces 45 mots apparaissent tout au long de l'histoire pour que
les jeunes lecteurs puissent facilement les retrouver
et comprendre leur signification.

ai	dit	il	que
alors	du	je	retard
arrêter	elle	jouer	retarde
arrive	en	le	réveil
attendez	enseignante	moi	suis
attendre	est	mon	toi
aussi	et	ne	tu
autobus	faire	parti	vais
avance	fini	pas	vitesse
courir	habille	plaît	voilà
de	horloge	possible	vous
dernier			

Mon réveil retarde!

Je m'habille en vitesse.

L'autobus est parti sans moi!

J'arrive le dernier.

S'il vous plaît, attendez-moi!

14

Je n'ai pas fini!

Mon enseignante dit de ne pas courir.

Je vais encore être en retard!

Voilà, je suis en retard!

Arrêter de jouer et attendre,
c'est possible?

23

S'il vous plaît, attendez-moi!

Que faire?

Es-tu en retard
toi aussi?

Alors, je vais t'attendre!

JE VEUX LIRE